谜^{文库} | 世 界 是 一 个 谜 语

张 新 颖　著

独处时与世界交流
的方式

华东师范大学出版社

图书在版编目（CIP）数据

独处时与世界交流的方式/张新颖著. —上海：
华东师范大学出版社，2020
ISBN 978 - 7 - 5760 - 0492 - 2

Ⅰ.①独… Ⅱ.①张… Ⅲ.①诗集-中国-当代
Ⅳ.①I227

中国版本图书馆 CIP 数据核字（2020）第 088388 号

独处时与世界交流的方式

著　　者　张新颖
责任编辑　顾晓清
审读编辑　李玮慧
责任校对　时东明
装帧设计　周伟伟
封面插画　顾　湘

出版发行　华东师范大学出版社
社　　址　上海市中山北路 3663 号　邮编 200062
网　　址　www.ecnupress.com.cn
客服电话　021 - 62865537
网　　店　http://hdsdcbs.tmall.com/

印 刷 者　上海盛隆印务有限公司
开　　本　787×1092　32 开
印　　张　3.625
字　　数　55 千字
版　　次　2020 年 7 月第 1 版
印　　次　2020 年 7 月第 1 次
书　　号　ISBN 978 - 7 - 5760 - 0492 - 2
定　　价　36.00 元

出 版 人　王　焰

（如发现本版图书有印订质量问题，请寄回本社客服中心调换或电话 021 - 62865537 联系

题 记

　　这本书里的诗，是二〇一七年下半年到二〇一九年写的，取名《独处时与世界交流的方式》，说的是写诗对我个人而言，是怎么一回事。上一本诗集叫《在词语中间》，也是说这件事。另有一小册《三行集》，显然是单就形式来说的。

　　每次说出一层，总还有别层的意思等在那里。这样的感受，大概还会推着我、拉着我、吸引着我，继续做这件事吧。

张新颖

二〇一九年十月七日

目　录

2018   一小块石头那么大的废墟之美

2019　新年祝福

2019　人的境遇之外

外辑　偶译稿：约瑟夫·布罗茨基诗三首

2017　他和他自己默契的面积

石 头

石头平静裂开缝隙

以储存时间烧成灰烬的伤痛

一只鸟伸进长嘴翻找

啄食到还未结疤的颗粒　飞走了

整季的梅雨无力冲刷

低气压用窒闷把它捂住

下一代人会看到重新长好的石头

后来的鸟会在这里安闲栖息

而将来的人是对的　一如

将来的鸟　飞来的花枝

而那时候的石头是更好的石头

二〇一七年七月

风刮得乱

风大　响
但不成个刮法　刮得乱
一下东　一下西
一下南　一下北
哪有这样刮风的

谁能规定风怎么刮

左旋　右转
下跳　上窜

风左面的风是什么样的
风右面的风是什么样的
风下面的风是什么样的
风上面的风是什么样的

二〇一七年八月三日

三颗水珠悬垂

三颗水珠悬垂

在圆形瓷罐的边缘

鸟惊诧于浸染其中的

春天柔嫩气息忽然

汹涌成颜色的激流

那时候我读一句诗

月亮滑到天外

伸向书桌的枝叶遮住飘忽的神思

依然排列整齐的三颗水珠再次

吸引眼光

它们的形状拉长了

依然没有坠落

二〇一七年八月十九日

小 于

陌生人也能看出说的是

旧人　旧事　旧典

但不会感觉像和一个老朋友聊天

你敏锐如以往　知道这唠叨叙旧

谈的是新的生活　新的认识

你总是比他本人懂他

早一步　多一点

他被点醒

他和他自己默契的面积因此扩大

却小于他和你之间

二〇一七年八月三十日

把　握

忧伤渗漏成沼泽

沼泽在月亮的背面

虚无是立体的　却没有边界

我们住在其中

划地制造坚实逼仄的空间　以便确立

巴掌大的事物

好让手能够把握住

白驹过隙　却用钟表计时

河水不知道从哪端流向哪端

二〇一七年九月一日

停到诗的韵脚上

诗要停到什么地方

这一首停在写诗人的后院
停到诗的韵脚上

第一个梦出现这么个问题
因为无法回答而醒了
能醒真好
摆脱了无休止的纠缠

第二个梦轻松给出了答案

第三个梦说另一首诗
魔鬼伪装成衰老的妇人
枯手死死抓住诗的韵脚
韵脚拼力挣扎

发不出声音地向诗呼叫

不要停　不要停

朝梦的外面跑

二〇一七年九月十一日

三颗小星

标记三个小星

从星群中特别选出来　反复确认

那时候有那么多夜晚

盛得下一个小孩子清澈的耐心

在广阔的星空下睡去　醒来

夜空是随着年龄而黯淡下来的

我们在意的只是自己渐衰

以及缠绕的琐事无尽

并未为浩瀚星空的消失而痛苦

我说的是进入身体里面　疾病似的痛苦

而在好的年纪　所谓的青春

原谅吧　它以为自己是一个发光体

行至一生的半途

是什么样的力蛰伏长久

而今苏醒　抬起眼睛重新看天
当然　这时节没指望还是星辰的世纪

寥落的光点　荒芜上蒙灰
即便如此还是能够
出现一个小的奇迹
三颗小星　逐一辨识
重逢时刻认出少年
认出眼睛藏在疲乏身体深处的秘密

那么多星星隐匿了
你们怎么还在
还在从遥远的过去　看向这里

二〇一七年十月四日　中秋

洗 呓

夜里三个长梦

前两个与你有关

第三个是对你讲述前两个

开口之际发现前面的梦丢了

（睡眠时模仿你喜欢丢小东西的习惯？）

于是重新编织

用随身携带的一小把虚线

我看见你坐二号车　乘一号船

车途是矮树丛画在风里的五线谱

把曲子唱出来的人有连绵青草的声线

而大船上升

在山谷里　缓慢升到顶峰

那时候月亮肃穆

停留在正中间

你骑一匹银色小马

腾跃于墨绿色的海上

就在马蹄踏水的七个音节里

我向你讲述如何像洗牌一样洗梦

技巧是　攀住意识的边沿

轻逸地翻转到梦的另一面

二〇一七年十一月九日

没有新意的十四行说教

我们有的只是一捧时间
一捧水　一捧沙粒
即使再小心十倍监护
还是止不住从指缝流失

不如早一点把时间放到时间里
把水放到水里　把沙放到沙里
早一点两手空空
放掉绑架一生的僵持姿势

自由的手把自由还给了整个身体
浸润于丰富的时间
而新水——总是新水——活跃不居

逝川的观念不妨稍加修正

扭转　学习接通时间不息成就的力

河底的流沙或许将滚成钻石

二〇一七年十一月十二日

2018　在你想象力的右边

獠

被指控偷了一根獠
用床单卷起来扔出窗外

他看着指控者被愤怒和痛苦扭曲的脸
猜想五官移位的幅度
是否等于真诚的程度

最早出现的那几根白头发　不被承认
他对着镜子　一一拔掉

许多年过去了　那根獠
还让他疑惑不解
到底什么是獠呢

像一根刺　一头生铁野兽
长进了肉里

后来的白头发　命运较好
他慢慢增加和它们的友谊
它们按部就班扩大趋势
他明白了　人不是自己头发的主人

趁现在　他还是自己手臂的主人
他决定　把那根镣拔掉

二〇一八年一月五日

中　年

到下一个渡口
去接一个丢失的梦

公交车半途被劫
沿着焦渴的沙路徒步而行

路边一家小咖啡馆
意外遇见三十年的朋友

他苦恼做过的梦醒来即忘
醒后的空阔　无所适从

我告诉他重现旧梦的方法
新梦作舟　顺流入境

握手道别时老友送我一个小玩意

说这个是时间模型

赶到渡口正值两天交接时分
摆渡人盛虚空的酒　一碗晃动的星

他说梦被先来的小男孩接走了
以水编织的草帽　草帽唱歌如鸟鸣

我如释重负　转身回程
时间模型忽然说话　看看路啊

来时的路已经完全合上
再走回去　说真的　没有一点可能

二〇一八年二月十五日

梦　边

从现实起跳
双手抓住梦边
攀移一寸　天清一层
终于站到了上面

我知道这之前的失败
练习　反复练习
现在你在那儿就好　不要
——是不是不要——走进里面

你往里看　更多往外看
你要一直能看见
起跳的粗粝地面

梦边的位置　开向现实而

自由滑动　窗口双生

火焰和痛苦　有序的四季变换

二〇一八年二月十六日，戊戌年正月初一

盲　区

我在你想象力的右边
那里有一棵普通的树
有一条无名的河　流向
更右边的无名　和
无名的丰富

二〇一八年二月二十五日

魔　法

你在床头放一只盛

莫名事物的器皿

以便虚空的景象有

一个去处

转瞬即逝的踪影自带

幽暗的光　飘然进入

便焕然获得

坚实的　紧密的

形体

你不为所有这一切命名

它们就不会消失　就一直

存在　活跃如初

二〇一八年二月二十六日

肯　定

手掌的记忆
野马和尘埃的记忆
圆弧形焦渴的记忆

窗户因为打开而成了更好的窗户
房门因为关闭而成了更好的房门
时间因为变速而成了更好的时间

汉堡包和啤酒
引燃的导体和灼热的器皿
榨汁机任性的旋转和旋转着溢出的泡沫

抬高的春天　颤抖着
再抬高一尺

人生终究是虚无的　这一句老生常谈

猝然碰撞未驯化的果实　和

它尖刺的汁液

瞬间逃离退避

而感官裂开　迎向

肯定此生的惊异

饱满的空洞包裹住充实的形体

二〇一八年三月九日

微时空

蔷薇和野蔷薇　紧挨在一起

同时开花　彼此没有生分

你若有兴趣不妨辨别对比

旁边是火棘　在春天你会忽略它

细碎的白色小花　到深秋

缀满一簇簇燃烧的红艳果实　你赞美

它长出了自己热烈而冷峻的名字

溪水边有念书声

此地南方的耳朵　听出

音调里北方辽远地域的气息

五月就要来临

空气监测雾霾中度污染

这个季节能否长出它还没有的承受力

刚刚开始学着说话的小女孩和小男孩

如何不吸入看不见的 PM2.5 颗粒

当他们长大的时候

什么还继续存在　什么已经消失
一年蓬成片摇曳　黄菖蒲聚丛照水
城市边缘的这一小块野地
自有秩序地野　必来的吞没
暂时没有危及

二〇一八年四月三十日

生　活

三点四十五分　一只鸟轻轻叫了一声

略微含混　却足够清晰　在这个时辰

三点五十　它叫了第二声

紧接着　另一只鸟叫了

四点　六只或七只鸟一起鸣啭

四点十分　鸣成了一片

这里一片　那里一片　清亮而跳荡

声音里有枝条的颤动和纤足的起落平衡

有雀跃的光　先于曙色

没有别的声音　只有鸟鸣

从什么时候起

我习惯了准时醒来　等待

纯粹而平静

四点半前后　所有的鸟都鸣叫起来了

大地对应以沉寂　以广漠　以完整

五点　人类活动的声音渐渐混进来
五点三十　鸟鸣弱了　弱了下去
五点四十五　又起来了
特殊的音频　混合着四起的嘈杂
而总能从纷扰中轻盈脱出
在各种声音之上　清澈地上升

鸟鸣也在鸟鸣之上
清澈地上升

无论你是否意识得到　鸟鸣
是这一块时间的中心
也是这一个世界的周围和边长
你辨别不清那些杂乱
却不会认错鸟鸣
五点五十分　我重新睡了过去

二〇一八年五月十五日

读穆旦

"静静地，我们拥抱在
用言语所能照明的世界里"
在这之外　是未成形的黑暗

但或许　是更强烈的明亮
言语的微光　倒像是
淡薄模糊的阴影

也很可能　完全是另一个所在
言语走到尽头　人类没有能力
跨过边境

回到我们看得见的世界
这里　会不会就是黑暗　未成形
言语本身不过是黑暗的派生

即便如此　也不放弃想象和练习
在黑暗中看见一切黑暗
未必没有这样的机会　言语再次诞生

二○一八年五月十九日

什么时候歌唱

俄耳甫斯对付黑暗的方法

是歌唱

他先把眼睛蒙上

足以灼伤光亮的绝对黑暗

在他的歌声中一层一层变淡

冥府甚至有一刻暂停繁忙

卡夫卡和鲁迅在人间

行程仓促　未及准备眼布

废墟中看见一切

用右手草草记下

为此必须用左手挡住致命的绝望

唯黑暗与虚无乃是实有　果真如此

更要发出刺耳的喊叫

没有人把这当成音乐

黑暗认得它　闪电一样尖利的歌

黑暗产生划破黑暗的凛冽光芒

俄耳甫斯并没有如愿带回妻子
回到阳世他的歌唱终日愁苦哀伤
少女们愿意献身麻醉他的回忆
被他拒绝而愤怒疯狂
她们叫喊　盖过他的歌声
她们撕碎他的身体　抛进河中
他的断头继续唱无词的歌
随流水漂到无边的海洋

鲁迅重写眉间尺复仇的传说
沸水中翻滚的头颅于是上下浩歌
阿呼呜呼兮呜呼呜呼
爱乎呜呼兮呜呼阿呼
近乎无词　而满溢所有
唱出这一场断头之间的惨烈搏杀
而死亡如痛饮　沉寂之前
大的酣畅

二〇一八年六月十日

对话：破风

你这是要乘风吗
不　是破风
你做了一个劈开自己的动作
对着脚边的悬崖
对着内心的风景

二〇一八年六月十五日

对话：荒野

我要到荒野里教书

教谁

教我自己

这样就可以任意呼吸空气

用树叶卷成圆锥形

绿色酒杯

用凉爽的拼音写柔光夜曲的信

二〇一八年六月十五日

2018　一小块石头那么大的废墟之美

双色金鸡菊

是的　又来看双色金鸡菊
不是特别的事
是季节的秩序

河边的一簇
乌桕树下的一丛
女贞芳香中的一大片　金黄

与梭鱼草挺立照水
与千鸟花摇曳迎风
几只白色小蝴蝶翻飞其上

有三棵被钓鱼人连根拔起
踩踏　细长的茎够不着伤残的花瓣
折倒在泥污旁

去年五月同一天看见过
去年六月同一天看见过
也有看过的　今年不再生长

很久以前　我想象一个地方
开出一种花　我没有想得出
它是什么颜色　什么形状

荒僻的路带到这一片野地
与模糊的想象猝然相遇
它瞬间变得清晰　确定　明亮

是的　明亮　一种品质
尤其在阴霾晦暗时期
灿烂的歌　或者欣悦于无语

一年中因此有了一些平常的日子
身体自动弹起自然的节律
循着它的驱使　来看双色金鸡菊

二〇一八年六月十九日

奖励悬崖

脚撬住狗的牙齿
让它咬　让它咬不下去
从梦里挣脱后　两只脚趾开始
经历疼痛的现实

远行是治疗方法　把疼痛
和脚趾分开　走着就忘记了
当然　停下来的时候它会提醒
忽略久了　它要顽强表现存在

长路的好处是走不完
它其实识趣
专心生活的时候它隐匿

所以中途得到一个奖励　悬崖

纵身跳下去

不会伤到两只脚趾

二〇一八年六月二十九日

落 雪

雪片落到钢丝弦上

落到声响的尖上

触碰的瞬间被割断

雪继续落　继续落

直到覆盖了弦

直到吉他变成了白色

直到形状消失

直到寂静的音乐盛大

直到空间脱离了时间

直到时间轻盈　自由回旋

二〇一八年八月一日

更大一点的爱

在专业领地待久了
终于变成这个专业的外行
而不自知

还是到阳台上来吧
你会懂得无所事事时的香烟和啤酒
天空变幻的云
眼睛看得见两条河流
远的那条夜晚传来轮船的汽笛
窗前的那条　叫不出名字的鸟
飞过来又飞走

你或许得不到更大一点的世界
但能得到对更大一点的世界的爱
假如你愿意
做许多事物的业余选手

二〇一八年八月二十一日

文　明

词语思念它是其所是的日子

它的同伴也都面目全非
它们被肆意扭结成一团
不再照亮
而繁殖混乱　脏污
黑暗中的黑暗
暴力中的暴力

它的一生太长了
遭受已多　但从来没有
羡慕早死的词语
而今它思念母亲　文明
思念自己洁净的身体和身体的柔光
它想自杀

在被凌辱杀死之前

它没有这个自由

二〇一八年十一月十五日

垂　钓

钓鱼人沿着钓竿爬到顶端
循钓丝垂身向下
沉入水中
灵敏地把自己挂上
钓钩

有朝一日　他设想
岸上的鱼化石
从悠长的酣眠中醒来
轻松把他钓起

二〇一八年十一月十七日

曾祖母

我的曾祖母爬上一棵高耸的树

在围观者的惊呼声中

从老妇人变成年轻姑娘

轻盈的节奏　持续向上

而尘封的岁月层层脱落

跃上树巅时　她一跃而为

最初的少女

舒展身体　盛开如春天

我六岁或者七岁

仰着脸

我看见飞来三只彩色的鸟

落在她花瓣一样的手掌间

二○一八年十一月二十日

形态列举

瞌睡是块状的

在你脑子里塞进了一块砖头

这是奇怪的事情

缺乏导致实有

你睡一会儿

砖头就少一小块

你睡足

脑子里就空了

疲乏无形

但也不妨说是气体

你恢复的过程

听到从胸腔　膝关节　手指尖

散发的呲呲声

而疼痛是幽灵

你用意志和伟大的耐心
用比一生略短的生命
建造牢固的堡垒式工程
囚禁了它
你成功了

其实　它只是睡在你的梦里

在最近的那个雨夜
你赤脚穿过城市的荆棘
敲打一扇黑铁的大门
声音惊扰了它
它显身　瞥了一眼
你的绝望　你的黑暗

你醒了
你的工程坍塌了

二〇一八年十一月二十二日

当　代

我们被领进一座迷宫
后来知道　不过是因为大
而产生的错觉

炫目的建筑群　像贬值期
印钞机狂欢的出品
刚堆成　就达到了辉煌的顶点
意思是说　衰败已然开始
只是它要过一些日子才会发现

它挺会嘲讽自己的
用它的仿古式样
它永远不可能古老
它空空荡荡　却容纳不下时间
它没有能力学习保护时间　当然
时间也不会保护它

眼见的将来　它沦为废墟
而不会有一块小石头那么大的
废墟的美和情感

它只有新　新如何维持
它只有短暂的虚幻

而我们现在　就在它的里面
谈论不朽的事业　以修辞练习的热情
装修陈腐的语言
去年装修过
今年发明了新材料　我们抢购了一些
再装修一遍

还好　放松的时候我们喝酒
请频频推杯换盏　杀死语言的细菌
酒是时间涵养之物
这古老的技艺在身体里周流
你才看得清眼前

眼前正走过来一个人
但她并不是走向我们

她只是从这个仓惶的时代路过

她蹚过九十九条不息的长河

时间之水丰富了她又洗涤了她

明净　轻盈

她走过去了　擦疼我们的目光

干涩的眼睛渴望湿润而无力涌出泪水

剩余的夜还长

酒杯明亮

盯住它　看能不能燃起蓝色的火焰

二〇一八年十二月十九日

2019　新年祝福

新年祝福

不需要谁告诉春天的一棵树

该如何生长

春天就是春天自己的赞美和祝福

而此时　冬天在阴霾里

仍然不需要谁教我们如何呼吸

沮丧堆积成波浪　推涌而至

但也会消退　消退之后

重来　像潮水重复噬咬

而海岸调整姿势　终能形成

怀抱的形状　蜿蜒安慰的幅度

新年总是出现在糟糕的季节　所以

祝福这包围着它的湿冷

祝福前前后后一个月的阴雨

祝福掉下来的眼泪和结成硬块的愁苦

以雨停间隙清越的鸟鸣

以儿童睡梦中含糊的呓语

以海岸上乌黑的枝干和泥土里盘结的根

以记忆里最澄澈的那一个时刻

以北方的大雪和雪的明亮

以赴约夜晚的酒杯和花束

我整理杂乱　剔除了一千册书

以这腾出来的空间和腾出来的心情

以保留下来的事事物物

你珍藏的贝壳　海螺和小石头传给孩子

以这承续的时间和时间纯净的纹路

以微暗的火

以受伤的美

以忍冬草简洁的图饰和图饰历史的丰富

以耐心和软弱和软弱中的勇气

以友人递过来的一支烟

以冬天的树和春天的树是同一棵树

二〇一九年一月十五日

这寂静的中心

那一年我二十三岁　走在远方的乡间公路上
脚下的细沙闪烁着夏日雨后的阳光
稻田里一个戴草帽的中年人仰起头
我看见三座塔柔和的影子掠过飞鸟的翅膀

没有期待　没有预感　没有原因
寂静降临
微风吹来内陆海和泥土的气息
蝴蝶停在颤动的青草尖上　彩翼开合
自然的声响　恰如其分的节奏和律动
此时　此地　这寂静的中心　没有名字的地方

平静的喜悦　不强烈　没有焦点
周流全身　更新这个形体　让它紧密而宽敞
我没有停下脚步　也没有停下来想一想

此后三十年　多少琐碎和重要的事情
堆积　堆积又成灰　却无法沉埋这个瞬间
它不占有空间　仿佛一个虚点　从中心辐射
在阴郁和枯索的时候　以寂静的丰盈和明亮

二〇一九年二月二十二日

她的旅程

她不在乎关于她的故事传来传去
模式的搅拌机加谣言的配方术
里面有多少自己
由此她想起读过的小说
很多大概也是如此

她独守的秘密以及相联的痛苦
犹如苹果的皮肉包裹着的核
她熟悉核中的那个小房间　躺着五颗
椭圆形种子　含有微量剧毒
虫子进化出了明智
即使穿透皮肉也不敢啃食

背后有人议论她孤傲
她心里是承认的　并暗自得意
是的　裹在中心的核　才是自己

后来　经过更多的人事
她才意识到　每个人都有自己的秘密
先是沮丧　又奇怪怎么看不到
这么平常的事实
再后来　来了更大的打击
她诧异地发现　所有的秘密都不独特
每个秘密都有幽暗的同类　一旦彼此相识
也即意味着　每一个都绝不是唯一
痛苦　也大抵如此
她坍塌下来
拉长的青春戛然而止

中年才是人生的练习阶段　并在练习中恢复
偶尔想起曾经信奉的经典　比如
幸福相似　不幸各个不同
她皱皱鼻子　恍如隔世

放下自己　开始另一种生活
她意外地尝到了欢乐　以及相联的智识
在欢乐里越走越深
惊奇　并不是走进黑暗包紧的核
她感受到从里到外全身心的整一

欢乐才是独特的　才是完整的个性

她想　她喜欢这样通畅的个性

她差不多放弃了读小说的习惯

它们也描述欢乐　却几乎总是蜻蜓点水

也许因为匮乏　或者语言无能为力

有一次她咬碎苹果种子褐色的保护层

微苦　又有点似曾相识的涩甜

她吐了吐舌头　咽了下去

没错　这不算什么事　重要的是

她要持续智识的活泼　活泼的激情

融进欢乐的深邃　深邃的技艺

二〇一九年三月五日

春分三行

一

沉默的极少数坐在岩石上
阳光慢慢晒暖了他们的沉默
鼬鼠在喝苹果酒

二

这里是春分擦亮的生日
陈旧的失望枯萎了而草莓生长
鱼啊　游到这里来

三

星星在唱歌

小熊起舞

诗救出一些瞬间　安慰了我们

二〇一九年三月二十一日

这一刻

怀念四月的一个早晨

走出门　看见地上的阳光和树影

我惊讶　光和影原来如此分明

边缘清晰　如此交错又如此和谐

它们各自而又一起澄澈

我走进静穆的朝晖

洁净的石板路映出跃动的身形

一瞬间感觉我像我的影子一样轻盈

风吹来　树影摇曳

一个小女孩追逐一只白色小蝴蝶

伸出手臂　喊　蝴蝶　飞到我鼻尖上来

我没有来由地想象世界之初

却不该继而转念到这时代的习以为常

——光影含混　连光都有点儿脏

人世也习惯了以堂皇的乱和纷扰

蚕食我们的心力　直至完全消亡

——我不该分神　在此时的光影里

全身心　一直这样走

这一刻因为短暂而能持续长久

试一试　是否足以抵抗

二〇一九年六月二十七日

天上　地上

洗好的衣服晾在星空下
刷干净的蓝色球鞋斜靠着石栏
敞着窗子　细微的风低回
敏感的波纹从皮肤漾进睡眠的里面
半夜　浑茫的光把我照醒　月亮
此时没有节制　满溢　兀自高悬

从日出之前到日落之后
有许多事要做
有许多无所事事也要做
用不着规划一天　一周　一年

天空永在　云的变化无穷
不需要投射想象
不要干扰眼睛　空白的双眼
比大脑　比情绪　比语言　更懂得看

我摊开手掌里的沙　每一粒
自有硬度　形状　颜色
它们缺少变化　它们像云一样
足够丰富　不需要人为的增添
我看云　沙粒不看　而任由
天光云影潜入它们内部　隐而不现

一个不怎么幻想的少年　就这样
看见了许多平常　许多奇幻

二〇一九年七月二十七日　招远

鸟　鸣

不知为啥醒了　听到好听的鸟鸣
到窗边用手机录了一段
在东京的时候我也录过
发给你　希望没有吵醒你
希望你醒来就可以听到
现在是蝉声　蝉声盖过了鸟鸣
孩子还在酣睡　我再去睡一会儿

二〇一九年八月十三日　北京八大处

半　途

我选择午后去爬这座山
我想我会爬到山顶
这没什么　毕竟不高

阳光强烈　不久就沁出了汗
我想悠闲一点　但一个人
脚步不由自主有点快
就这么个性格　随它吧

我走一条人少的路
走着走着疑惑起来　岔了出去
岔路却是热闹的路
碰到越来越多的人
我还站住听了一会儿道场
那念唱的声音有些吸引我

但我想　还是离开吧

七拐八绕　回到原来的路线

又清净了下来　一个人

听着自己的脚步　听着自己的喘息

山顶在望了　忽然想

就到这里吧

我心里估算了一下

加上岔路的里程　应该已经到了山顶

岔路也是路　里程也是里程

而且偏离一段没有什么不好

这样我就下了山

没有一点遗憾

二〇一九年八月十六日　北京八大处

大地之歌

你把积累起来的痛苦埋进土里

而土壤里的东西已经太多

你的那些　其实不算什么

层叠的伤口挣扎着向上冒

冒出杂草　树木和花朵

还有一些向下生长

变成不知名的事物

更多的失踪了

没有寻找也没有招领

它们成群结队　实际彼此并不同情

我们把这一切称为大地之歌

二〇一九年八月二十三日

然　后

我们经历过至为美好的事物　至上的体验
我们曾经拥有脱出了时间的时间
然后　分裂成两种人

一种再也回不到日常生活　那里充斥着
诸多不能忍受的东西
然后　不能忍受就变成了他的生活

另一种人回归地面滞缓的时间
带着得到的安慰　他感激意外的礼物
然后　这礼物因为他的照看而照看他的一生

一种人认为美好经验应该是他的全部经验
而彻底失去了它　由此患上美好经验后遗症
如果发展　会生产憎恨的哲学　行为　语调
以及僵化成一种姿势

另一种人只是知道　人不能天天要礼物
而完整拥有了它　让它在生活里长成生命
他把一堆碗碟耐心洗干净　感受平静的喜悦
像洗干净它们的流动的水

　　　　　　　　　　　二〇一九年八月三十日

2019 　人的境遇之外

我 们

waits 的诗写得比我好

因为他常用人称我们

复数　但也不多

两个人

而我　大多时候只是我

二〇一九年九月三日

逆旅闲谈

李白的话如果换成你的　就能深感
你差不多总是在路途上　难怪说
人生如逆旅　我亦是行人

如果你到现代来　你的旅舍叫酒店
我想告诉你床头那个小小的圆状物
就是那个　带着一圈数字刻度
法国有个人发明了一个词　死亡闹钟
在生疏的房间　毫无准备
被急促的铃声惊醒
那或许是前一个房客设定的
他已经到了那边　无法取消

现代人把死亡隔离开来
所以需要这一类的设置
突然宣告行程的终点

你这常持空杯喝酒的人
我原本想和你谈谈酒
哪知道一开口扯到了这个话题
你不会介意
我也只是随意说说而已

二〇一九年九月七日

蝙 蝠

第一次到东北这个城市

晚上关灯后　突然有什么

在天花板上飞

那种滞重　粗鲁的飞

掀动浑厚的气流

显然不来自鸟的翅膀

浴室里也有一只

撞上什么接着又撞上去

噢　蝙蝠

我没有开灯　我不想看见它们

还是孩子时我看清过它们一两次

那种不适赶紧封锁进记忆

四十多年后的一个夜里

它们却不停闹腾

提醒与我共居一室　在酒店九层

现代酒店千篇一律

这个城市用蝙蝠表示它的个性
后来它们安静了　悬挂在黑暗中
成为黑暗中的黑暗
我躺在床上　不用说　睡眠毁了

第二天夜里　我再三确证
它们已经离开了房间
但我仍然没有睡好

我一点都不想写这个不足道的经历
但它们固执地飞行　冲撞
在此后的日子　悬挂在虚无里
我写出来　希望它们真的飞走了
从文字打开的窗口

二〇一九年九月九日

摩擦系数

在纸上写字

我选铅笔　或者钢笔

我用纸的粗糙的反面

我不喜欢正面的光滑和格子线

我讨厌圆珠笔的油腻和顺从

圆珠与硬尖　它们的区别

也许被我放大了　但我没有办法

笔尖在纸面上行走

行行重行行

遇到阻力　发出细微而有力的声响

使写字这件事感觉踏实　是一件事

如果可能　我希望测量

摩擦系数

以及摩擦系数的变化

与好坏的关系

这个从小就有的偏好
无意识渗透弥漫　作用于
我以后几乎所有事情的判断和抉择

二〇一九年九月十日

春 灯

我清理出一小块地方
摆上啤酒　香烟　还有一串紫葡萄
摆上夜色
这并不容易
周围空无一人

经历了时日渐老而重返一些瞬间
那些瞬间比这一小块地方还要小
铺开初生的道路　水井
打开而并未邀请的门
铺开沉默
和沉默中跃跃欲试的言语
周围是春天的灯影

二〇一九年九月十二日

人的境遇之外

丫状细茎带着两颗

圆润的银杏果　坠落

触地发出厚的声响

秋日烈阳进入透明的皮

显现汁浆缓缓凝结成金黄

而桂花继续飘离　无感于

两年前树下铺开的塑料纸

和那个快递小伙

没有再一次出现

我还记得问他　这是干什么

他多少有些腼腆　说

回家给老婆　做桂花糕

此时　桂花缀成满地碎金

两颗银杏果安稳其间　成色饱满

我抬头看那两棵并肩的树

剩余的果实

明天还会成双脱枝

我们最多只能从它们外面观看

人的境遇之外有秋天

二〇一九年九月十五日

惊　见

坐在窗前看了一会儿月亮

它安静　雍容　几乎不动

我心无所思　上床很快睡了

后半夜醒来　无意间瞥一眼天空

月亮在迅疾滑行

我诧异它的速度　它的神态

都快要老了　才第一次惊见

这称得上秘密么

只有在人类睡眠　不看它的时分

它如此愉快而未失重

未失重而如此轻盈

像明天早晨脚踩滑板车的那一群少女

像七岁那年有一天夜风的歌声

　　　　　　　　二〇一九年九月二十三日　秋分

秋天三行

一

我的眼睛开始老花
这是一个好的信号
到时候了　把世事看得分明

二

少年的回声穿过许多年的秋雨
在早晨之前抵达
苍老了一些　精炼了许多

三

变黄的叶子　飘落

干枯的叶子　还固执在枝头
许多绿得正浓的叶子　被硬风砍下

二〇一九年十月二日

问　题

我年轻时候遇到一位老人

闲了我就跟着他

好几年看他练武　读书　喝茶

他没有教我一点武术

但指点我读过几本书

给我喝过许多茶

（我喝茶的习惯即由此养成）

我只问过他一个问题

坏为什么常常超出想象

我记得他的话

人的本性里面有坏的因素

人都在学好　坏就出不来

但总有少数人在学坏　一直学

学得越深　激发出来的坏越多

后天增强能量　探索方法　扩大野心
发展起来的坏就越不可遏制
它的方向不在学好的人想象的方向上

那么好人会战胜坏人吧
好人也一直在学好

他没有抬头看我
只是说　不会
因为好人不会想着争战
坏人老是琢磨这样的事

沉默了许久　他又说了一句
人在学好　就是文明
这是我第一次听到文明的定义

祖父跟我说这位老人武艺高强
但我知道　他后来死于一个混蛋之手

他死之后我又想问他一个问题
但不知道怎么把我的困惑说清楚
却好像知道他会怎样清楚地回答

二〇一九年十月五日

肖　像

我想起一个人

风衣搭在右臂上

五根手指揽着衣边

像五条硬朗的粗线

凸画出脸的下半部

拇指是鼻梁

食指和中指　嘴唇

无名指和小拇指　下巴

脸的上半部　风衣褶皱出

忧郁的眼

波折的额

宽阔而向后延展的头颅

他临终的时候一直想象

一头小象

沙漠中央奔跑的小小的小象

越跑越简化

无边的空旷　一个跃动的小点

它的身体溢出白光

它带着光晕　一圈

只环绕自己的光晕　足够明亮

它感受到愉悦　越来越大

愉悦到苍茫　那一大片沙的金黄

二〇一九年十月七日

外辑　偶译稿：约瑟夫·布罗茨基诗三首

我坐在窗前

致列夫·洛谢夫

我说过命运玩不计分的游戏，
有了鱼子酱，谁还需要鱼？
哥特式风格的胜利就会发生
让你兴奋——无需可卡因，或大麻。
    我坐在窗前。外面，一棵白杨。
    我爱时，爱得很深。这不经常。

我说过森林只是一棵树的一部分。
得到女孩的膝，谁还要她整个人？
现代纪元扬升的灰尘令人恶心，
俄罗斯的目光会落在爱沙尼亚的塔尖。
    我坐在窗前。餐盘已经放好。
    我在这里快乐过。但我不再快乐。

我写过：灯泡恐惧地注视地板，

爱，一种行为，缺少一个动词；零——
欧几里德认为消失的点变成——
不是数学——它是时间的虚无。

　　　　我坐在窗前。坐着的时候
　　　　我的青春回来了。有时我微笑。或吐一口。

我说过树叶会毁灭嫩芽；
丰产的养分落进休耕地——哑弹；
单调的土地，没有荫影的平原
大自然播撒树的种子，徒然。

　　　　我坐在窗前。双手锁膝。
　　　　我沉重的影子是我蹲下的同伴。

我的歌走了调，我的声音沙哑，
但至少没有合唱队能将它唱出。
这样的谈话像收割而无所获，并不使谁为难
没有人——没有人的腿搁在我的肩上。

　　　　我坐在窗前的黑暗里。像一列快车，
　　　　波浪在波浪般的窗帘后面冲撞。

一个二流年代的忠实臣民，
我骄傲地承认我最好的想法

是二流的，未来或许会把它们当作

我与窒息抗争的战利品。

　　我坐在黑暗里。很难分辨出

　　哪个更糟：里面的黑暗，外面的黑暗。

　　　　　　　　　　　　　一九七一年

歌

我希望你在这里，亲爱的，

我希望你在这里。

我希望你坐在沙发上

我坐在近前。

手帕或许是你的，

泪水或许是我的，滑到了下巴边。

也或许，当然，

正好相反。

我希望你在这里，亲爱的，

我希望你在这里。

我希望我们在我的车里，

你转换车挡。

我们会在别处发现自己，

在未知的海岸上。

或者我们去往

我们以前的地方。

我希望你在这里，亲爱的，
我希望你在这里。
我希望我对天文无知
当星星出现，
当月亮擦过水面
叹息和改变在它的睡眠中间。
我希望还是一枚二十五美分硬币
拨一个电话给你。

我希望你在这里，亲爱的，
在这个半球，
当我坐在门廊，
饮一瓶啤酒。
傍晚了，太阳正在沉降；
男孩呼喊而海鸥哭叫。
遗忘有什么意义
如果跟在后面的就是死亡？

一九八九年

布鲁斯

我在曼哈顿过了十八年。
房东起初还好，但越变越坏。
实际是，卑鄙的混蛋。这个人，我恨。
美元是绿色的，但流动起来像血。

我想我得搬到河对岸。
新泽西招引，用硫磺色的闪光。
这么说吧，岁月可数意味着少一些罪恶。
美元是绿色的，但它并不生长。

我会带走我的家具，我的旧沙发。
但是窗口的风景我能怎么办？
我感觉像是和它结了婚，这一类的情感。
美元是绿色的，但它使你变蓝。

躯体大抵知道它要去哪里。

我猜是灵魂使一个人祈祷，

即使上面不过是一架波音在飞。

美元是绿色的，而我暗灰。

一九九二年